GUÍA DE LECTURA

Escrita por Vincent Jooris
Traducida por María Olivera Álvarez

El perfume

de Patrick Süskind

PATRICK SÜSKIND

NOVELISTA, PERIODISTA, DRAMATURGO Y GUIONISTA ALEMÁN

- **Nacido en 1949 en Ambach (Alemania)**
- **Algunas de sus obras:**
  - *El Contrabajo* (1981), obra de teatro
  - *El perfume* (1985), novela
  - *La paloma* (1987), novela

Patrick Süskind nació en 1949 en Ambach, Baviera, y es hijo de un periodista. Después de realizar estudios de historia en Múnich y en Aix-en-Provence, empieza a escribir pero no publica nada. *El contrabajo*, obra de teatro, se representa en 1981. Se trata del monólogo de un músico cuya vida está totalmente condicionada por su instrumento. *El perfume*, de enorme éxito, se publica en febrero de 1985. *La paloma*, publicada en 1987, cuenta la vida de un guardia que rechaza cualquier imprevisto con una organización metódica. En definitiva, Süskind brilla en la descripción de individuos aislados y monomaniacos También participó en la escritura de guiones para la televisión. El propio autor se muestra muy discreto en la esfera mediática.

EL PERFUME

UNA DESCRIPCIÓN VIRTUOSA DEL OLFATO

- **Género**: novela
- **Edición de referencia**: Süskind, Patrick. 2007. *El perfume: historia de un asesino*. Traducido por Pilar Giralt Gorina. Barcelona: Seix Barral
- **Primera edición**: 1985
- **Temáticas**: olfato, obsesión, asesinato, talento, locura, soledad, impulso

Das Parfüm – Die Geschichte eines Mörders (*El Perfume: historia de un asesino*) se desarrolla en la Francia del siglo XVIII. Cuenta la vida de un huérfano marginado con un olfato fuera de lo común que se convierte en un asesino en serie para crear un perfume que sea irresistible.

Esta novela lidera las ventas en las librerías alemanas durante varios años. El año que salió se vendieron al menos 400 000 ejemplares y la historia se ha traducido a más de 40 idiomas.

RESUMEN

LA INFANCIA DE GRENOUILLE

El 17 de julio de 1738, en el mercado del cementerio de los Inocentes, en París, una pescadera da a luz en un puesto. Al creer que se trata de un mortinato, como los que ha tenido anteriormente, lo abandona. Pero el bebé está vivo y se pone a gritar, llamando así la atención de curiosos. La madre es condenada a muerte y ejecutada. El pequeño, llamado Jean-Baptiste Grenouille, se le entrega a una nodriza. Esta, descolocada porque el niño no huele como un bebé, lo entrega a un monje, quien, a su vez, se lo lleva a la severa Madame Gaillard: esta acoge niños a cambio de dinero. En su casa, la aversión instintiva de los congéneres de Grenouille los lleva a maltratarlo, e incluso a intentar ahogarlo. Durante este tiempo, el niño se da cuenta de su capacidad con los olores y comienza a interesarse por esto con mayor atención.

Hacia los 8 años, Jean-Baptiste comienza a trabajar por encargo con Grimal, un curtidor violento. Las curtidurías desprenden olores nauseabundos, pero curiosamente esto no indispone a Grenouille. Pese a todo, el trabajo es exigente y el aprendiz contrae una esplenitis (inflamación del bazo), enfermedad a la que sobrevive de forma inesperada. Durante sus frecuentes visitas a París va desarrollando su olfato: pronto clasificará todos los olores de la capital en su catálogo olfativo.

LA REVELACIÓN

La noche del 1 de septiembre de 1753, el adolescente percibe un olor insólito que lo desconcierta. Se dirige a su fuente y encuentra a una joven pelando ciruelas amarillas en la Rue des Marais. Obnubilado por ese aroma que quiere poseer, termina asfixiando mortalmente a la adolescente. Huele su cuerpo con avidez, embriagándose de su olor antes de que el efluvio desaparezca. Este momento determina la vida de Grenouille, que se fija un objetivo: convertirse en el mejor perfumista del universo. Subyugado por sentidos que no controla, se da cuenta de que necesita desarrollar sus conocimientos y aprender las técnicas de la profesión.

Grenouille todavía no es consciente de que él no desprende ningún olor corporal. En este punto, ni se imagina que matará a decenas de personas para extraer su olor y fabricar la fragancia final, que someterá a aquel que la huela.

EL APRENDIZAJE DE LA PERFUMERÍA

Grenouille consigue trabajar como aprendiz con Giuseppe Baldini, un maestro perfumista. En su boutique del Pont au Change, Jean-Baptiste crea instintivamente nuevas fragancias que harán que su jefe tenga un gran éxito comercial. Pero a él no le importa que este se enriquezca a su costa y que se atribuya la autoría de los perfumes que vende: el adolescente quiere, ante todo, sacar provecho del taller del maestro. Aprende la técnica de la destilación, que permite extraer el perfume de las flores. Sin embargo, no permite capturar los olores de objetos inertes como los metales, el cristal, etc., lo cual sume en una gran decepción a Grenouille. Entonces, Baldini le informa de que existen otros procedimientos que enseñan en la ciudad de Grasse. Esta noticia reactiva a Jean-Baptiste de inmediato. Para que lo reciban en Grasse, el aprendiz debe obtener el estatuto de «oficial», algo que le concede su jefe después de haberlo explotado tres años más. Jean-Baptiste abandona París en 1756.

LA BÚSQUEDA DE UNA ESENCIA PERFECTA

Durante el camino, Grenouille soporta cada vez menos el olor humano. Evita los pueblos y esa repugnancia le obliga a refugiarse en una cueva en Plomb du Cantal, un lugar aislado de Auvernia. Ahí pasará siete años, durante los cuales Jean-Baptiste repasa su inventario olfativo: rememora todos los perfumes que ha conocido, especialmente el de la jovencita de la Rue des Marais. Un día, Jean-Baptiste sueña con su propio olor, algo que lo aterroriza. Descubre que carece de él y decide abandonar la cueva. Después comprenderá que si antes pasaba desapercibido, era debido a su ausencia de olor. Por eso, decide fabricarse un perfumen de substitución.

De vuelta a la civilización, Grenouille conoce al marqués de la Taillade-Espinasse, un científico que lo utiliza para demostrar sus teorías. Así pues, Grenouille forma parte de sus experimentos y comprende la influencia de los olores sobre el ser humano. De esta forma decide profundizar en su búsqueda: crear un perfumen capaz de dominar y de someter a los hombres.

LA COSECHA DE LOS OLORES

Una vez en Grasse, Grenouille empieza a trabajar en el taller de Madame Arnulfi. El oficial Druot (amante de Madame Arnulfi) le enseña la técnica de la maceración. Jean-Baptiste lleva a cabo sus propios experimentos y descubre que este método permite captar el olor de los seres vivos: así perfecciona su saber hacer.

Por otra parte, Grenouille está cautivado por el olor de Laura Richis, la hija del Segundo Cónsul, que sobrepasa con mucho el de la joven parisina que había matado unos años antes. En su búsqueda del perfumen absoluto, empieza a recopilar los olores de bellas jovencitas vírgenes, para lo cual matará a 24 chicas. El miedo se apodera de la ciudad de Grasse. Richis teme por la vida de su hija y se la lleva lejos de la ciudad. Pero el olor de Laura es indispensable para Jean-Baptiste, así que este los alcanza y la mata.

EL FRACASO DE GRENOUILLE

Grenouille es detenido algunos días más tarde, pero antes ya ha tenido tiempo para conseguir su obra de arte gracias al olor de la joven, junto con el de las otras víctimas. En el patíbulo, Jean Baptiste vierte sobre él una mínima gota de su perfume. El efecto es inmediato: el público está conmocionado, pierde la razón y todos participan en una inmensa bacanal alrededor del patíbulo. Por tanto, el perfume es capaz de provocar el amor de los hombres, mientras que él odió la humanidad. A pesar de todo este alborozo, Grenouille no siente nada. Lo consideran un ser puro y es absuelto. El propio padre de Laura lo adopta. Sin embargo, Grenouille vuelve a Paris.

Jean-Baptiste Grenouille constata su fracaso: por un lado, sigue odiando la humanidad y, por otro lado, jamás tendrá un olor propio y, por tanto, una identidad. Su vida le parece inútil y decide volver a su lugar de nacimiento. En la noche del 25 al 26 de junio de 1767, en medio de ladrones, criminales y marginados, vierte sobre sí mismo todo el frasco de su perfume. Todos los presentes, estupefactos, creen ver un ángel y se ven sometidos al irresistible deseo de apoderarse de él: despiezan su cuerpo y lo devoran, sin dejar ningún rastro de Jean-Baptiste Grenouille.

ESTUDIO DE LOS PERSONAJES

JEAN-BAPTISTE GRENOUILLE

Grenouille es un niño al que abandonó su madre, creyendo que era un mortinato. Durante su infancia, nadie se ocupó realmente de él ni lo educó. Vivió encerrado en sí mismo al pasar de un individuo a otro.

Su físico

A lo largo de su vida, Grenouille sufre varias enfermedades que lo hacen más feo y más fuerte. Su fealdad se menciona varias veces:

> «Podía tomar día tras día sopas aguadas, nutrirse con la leche más diluida y digerir las verduras más podridas y la carne en mal estado. Durante su infancia sobrevivió al sarampión, la disentería, la varicela, el cólera, una caída de seis metros en un pozo y la escaldadura del pecho con agua hirviendo. Como consecuencia de todo ello le quedaron cicatrices, arañazos, costras y un pie algo estropeado que le hacía cojear, pero vivía. [...] Una cantidad mínima de alimento y de ropa bastaba para su cuerpo.» (Süskind 2007, cap. 4)

> «[...] contrajo el ántrax maligno, una temida enfermedad de los curtidores que suele producir la muerte. [...] Grenouille, contra todo pronóstico, superó la enfermedad. Sólo le quedaron cicatrices de los grandes ántrax negros que tuvo detrás de las orejas, en el cuello y en las mejillas, que lo desfiguraban, afeándolo todavía más.» (Süskind 2007, cap. 6)

Sin embargo, el olor de su perfume creará una ilusión de belleza perfecta para aquellos que lo miren: los humanos ven con sus ojos, pero no sospechan que su nariz también les influye. Y es por este canal por el que Grenouille los encanta:

> «Grenouille permanecía inmóvil y sonreía, y su sonrisa, para aquellos que la veían, era la más inocente, cariñosa, encantadora y a la vez seductora del mundo. Sin embargo, no era en realidad una sonrisa, sino una mueca horrible y cínica que torcía sus labios [...], bajo, encorvado, cojo, feo, despreciado, un monstruo por dentro y por fuera...» (Süskind 2007, cap. 49)

Su olfato

Extrañamente, Grenouille no desprende ningún olor propio. En contrapartida, está dotado con un extraordinario sentido olfativo. Desarrolla este don, prácticamente sobrenatural, muy pronto. De hecho, sus primeras palabras tienen que ver con fuentes de olor: «"pescado" [...] "pelargonio", "estable de cabras", "berza" y Jacqueslorreur", [...] "leña"» (Süskind 2007, cap. 5). Lo único significativo para él son las fuertes impresiones olfativas. Entonces, comienza a sistematizar su forma de oler, asignando el nombres de todos los olores en su cerebro: «Aspiraba este olor, se ahogaba en él, se impregnaba de él hasta el último poro, se convertía en madera, [...] hasta que, al cabo de mucho rato, tal vez media hora, vomitó la palabra "madera"» (Süskind 2007, cap. 5).

A esto se suma una increíble facultad de imaginar olores nuevos, creados con múltiples elementos:

«Y tampoco reinaba ningún principio estético en la cocina sintetizadora de olores de su fantasía, en la cual realizaba constantemente nuevas combinaciones odoríferas. Eran extravagancias que creaba y destruía en seguida como un niño que juega con cubos de madera, inventivo y destructor, sin ningún principio creador aparente.» (Süskind 2007, cap. 7)

Su nombre

El nombre de Jean-Baptiste nos remite al personaje bíblico. Juan el Bautista es «el que unge», lo que remite a la vocación de perfumista del protagonista. Como su homónimo, vivirá como un ermitaño, comerá insectos y morirá atrozmente.

El nombre de Grenouille («rana» en francés) es más insólito. En primer lugar, hay que pensar en los ingredientes que echa en la marmita una bruja. De hecho, desde su nacimiento, Grenouille aparece rodeado de otros potenciales componentes de una pócima: melones podridos, cuerno quemado, cabezas de pescado, enjambre de moscas, etc. En segundo lugar, los anfibios nacen en medios acuáticos y Grenouille también nace entre peces. Además, la rana es un animal procedente de los pantanos y la primera víctima del protagonista vivía en Rue des Marais («calle de las marismas»). Por último, los biólogos conocen bien la rana por sus lóbulos olfativos sobredesarrollados con respecto al resto del cerebro. Parece, por tanto, que este nombre le está predestinado.

LOS OTROS

Todos los que abusaron de Grenouille y lo despreciaron tuvieron un fin horrible o patético. Si bien el niño ofrecía grandes esperanzas de éxito, ellos lo explotaban o le mostraban su lado más repugnante. El propio Jean-Baptiste no los mata, pero parece que el destino decide vengarse:

- su madre, que quiere abandonarlo, muere en la guillotina;
- Madame Gaillard vende el niño a Grimal, ofendiendo así su moral. Ella muere en el hospital Hôtel-Dieu compartiendo cama con otras cinco mujeres, algo que había temido toda su vida;
- Grimal, el curtidor, tan solo respeta el trabajo. Aprecia al irremplazable Grenouille, pero le da cobijo como si fuera un animal. Cede su aprendiz a Baldini, se bebe todo el dinero que gana al hacerlo y muere tras una caída: se ha dejado llevar, al contrario de lo que dictaban sus principios;
- Giuseppe Baldini, maestro perfumista, considera a sus jóvenes competidores impostores atraídos por las ganancias. A su vez, roba el talento de Jean-Baptiste para enriquecerse. Cuando Grenouille se ha ido, su casa de Pont au Change se derrumba y lo ahoga;
- el marqués de la Taillade-Espinasse, apasionado de teorías científicas, se sirve de Grenouille para embaucar a un jurado y convencerlo de sus tesis. Cuando Jean-Baptiste ha huido, el marqués sigue absorbido por sus investigaciones. Convencido de sus propias supercherías, desaparece en la montaña del Canigou para demostrarlas;
- Madame Arnulfi, viuda feliz, y Druot, su amante, disfru-

tan de un compañero de talento desbordante que trabaja día y noche: Grenouille. Sus negocios funcionan gracias a este único obrero que se entrega a la tarea. Druot es ejecutado en lugar de Jean-Baptiste y deja a Arnulfi todavía más sola e indefensa que antes.

Así, Grenouille utilizará a su vez a estos aprovechados, a su manera: se quedaba con ellos mientras le servían para su iniciación olfativa. Por eso, los personajes con los que Jean-Baptiste se cruza son secundarios. La narración los observa desde un ángulo particular: cómo han llevado a Grenouille a continuar su camino. Toda la historia se construye alrededor del protagonista principal.

LAS VÍCTIMAS DE GRENOUILLE

La primera víctima de Grenouille es la jovencita de la Rue des Marais que pela ciruelas amarillas:

> «[...] no quería creer que una fragancia tan exquisita pudiera emanar de un ser humano [...].Centenares de miles de fragancias parecieron perder todo su valor ante esta fragancia determinada [...] y él, por su parte, no la miró [...] mientras la estrangulaba, dominado por una única preocupación: no perderse absolutamente nada de su fragancia.» (Süskind 2007, cap. 8)

En Grasse, Grenouille detectará un olor parecido, el de Laura Richis. Sin embargo, decide perfeccionarse antes de actuar y esperar a que su exhalación sea ideal:

> «¡Quería poseer esta fragancia! [...] ahora pretendía apropiarse de la fragancia [...] y convertirla en suya.

Durante este tiempo, planifica los asesinatos de otras 24 chicas. Las mata de un porrazo, solo para recoger su olor con vistas a la fabricación futura de su perfume. Les corta el pelo, les quita la ropa y las envuelve desnudas meticulosamente en una tela untada de grasa para extraer su olor. Las elige morenas, de un tipo específico, que tengan entre 15 y 18 años, que pertenezcan «a aquel tipo de mujeres plácidas que parecen hechas de miel oscura, tersas, dulces y melosas» (Süskind 2007, cap. 40), bastante grandes y con el pelo largo, a veces pelirrojas o de color castaño claro, originarias de Grasse, excepto algunas italianas. Su apariencia no le interesa, solo cuenta su esencia. Laura Richis, pelirroja de ojos verdes, es la pieza clave de su obra porque posee la fragancia femenina más exquisita de todas.

CLAVES DE LECTURA

EL RETRATO DE UN PSICÓPATA

Su obsesión

El acontecimiento que sacude la existencia de Grenouille es la joven de la Rue des Marais pelando ciruelas:

> «De repente, sin embargo, volvió, pero sólo en diminutos retazos, ofreciendo durante un breve segundo una muestra de su magnífico potencial... y desapareció de nuevo. Grenouille sufría un tormento [...]. Tuvo el extraño presentimiento de que aquella fragancia era la clave del ordenamiento de todas las demás fragancias, que no podía entender nada de ninguna si no entendía precisamente ésta y que él, Grenouille, habría desperdiciado su vida si no conseguía poseerla [...] para tranquilidad de su corazón.» (Süskind 2007, cap. 8)

Embriagado por su olor, la estrangula para aspirar tranquilamente hasta la mínima pizca de su perfume: «Tenía la impresión de haber nacido por segunda vez, no, no por segunda, sino por primera vez, ya que hasta la fecha había existido como un animal,» (Süskind 2007, cap. 8). Este momento condicionará toda la continuación: se fija un objetivo (reproducir ese perfume, hacerlo más sublime) y se dota de una perseverancia sorprendente, que ejerce con Baldini y Madame Arnulfi. Esta idea fija se transforma rápidamente en una obsesión que dirigirá toda su vida. Desde este punto de vista, el más mínimo obstáculo, incluso temporal, lo desmoraliza profundamente y le hace enfermar gravemente. Esta necesidad lo domina hasta tal punto que todo lo deja indiferente: hasta la vida del prójimo es un detalle insignificante; por eso no le acobarda asesinar para lograr su objetivo (su ausencia de olor corporal le permite incluso que ni los perros lo detecten). Con el fin de elaborar el perfume supremo se convierte en un verdadero asesino en serie.

Sus aspiraciones

A esta obsesión se une otra intención: obtener, mediante el perfume, el amor de los demás. Al principio Grenouille es misántropo porque el olor humano no despierta ningún interés en él, hasta tal punto que lo oprime. Pero su experiencia como ermitaño le hace comprender el poder oculto de su pasión:

> «Porque el perfume era hermano del aliento. Con él se introducía en los hombres y si éstos querían vivir, tenían que respirarlo. Y una vez en su interior, el perfume iba directamente al corazón y allí decidía de modo categórico entre inclinación y desprecio, aversión y atracción, amor y odio. Quien dominaba los olores, dominaba el corazón de los hombres.» (Süskind 2007, cap. 33)

De vuelta a la civilización, Grenouille se decide por utilizar la mentira o por mostrarse aburrido. Así, disimula sus intenciones. Entre tanto, va confeccionando una serie de perfumes: un olor humano de substitución para él, toda una gama de olores que despiertan diversas emociones en sus interlocutores y hasta un perfume de banalidad que engañará a Richis, protector de su hija. Por último, logra fabricar un elixir capaz de controlar de forma irresistible a los seres humanos. Se trata de una combinación de amor y odio que motiva a Grenouille: odia a las personas pero busca su admiración.

Jean-Baptiste cree haber alcanzado su objetivo y satisface su deseo. Pero se da cuenta de dos cosas:

- una vez creada la obra de arte, su autor ya no tiene ninguna razón para vivir;
- la gente no adora a Jean-Baptiste, sino a su perfume. Sabe que nunca se apreciará a sí mismo. Por eso elige poner término a su existencia.

UN RELATO OLFATIVO

Süskind, un virtuoso de los olores

Por rendir cuenta de los matices que percibe Grenouille, Süskind es un virtuoso. Describe admirablemente bien los olores, como ningún escritor lo ha hecho antes. El autor extiende así el espectro de herramientas capaces de consolidar lo que se denomina la «ilusión de lo real», más allá de sentidos privilegiados como la vista y el oído:

> «[...] el aire se inmovilizaba sobre el suelo como en húmedos canales atiborrados de olores que se mezclaban entre sí: olores de hombres y animales, de comida y enfermedad, de agua, piedra, cenizas y cuero, jabón, pan recién cocido y huevos que se hervían en vinagre, fideos y latón bruñido, salvia, cerveza y lágrimas, grasa y paja húmeda y seca. Miles y miles de aromas formaban un caldo invisible que llenaba las callejuelas estrechas y rara vez se volatilizaba [...].» (Süskind 2007, cap. 7)

«Esta fragancia tenía frescura, pero no la frescura de las limas o las naranjas amargas, no la de la mirra o la canela o la menta o los abedules o el alcanfor o las agujas de pino, no la de la lluvia de mayo o el viento helado o el agua del manantial... y era a la vez cálido, pero no como la bergamota, el ciprés o el almizcle, no como el jazmín o el narciso, no como el palo de rosa o el lirio... Esta fragancia era una mezcla de dos cosas, lo ligero y lo pesado; no, no una mezcla, sino una unidad y además sutil y débil y sólido y denso al mismo tiempo, como un trozo de seda fina y tornasolada... pero tampoco como la seda, sino como la leche dulce en la que se deshace la galleta... lo cual no era posible, por más que se quisiera: ¡seda y leche! Una fragancia incomprensible, indescriptible, imposible de clasificar; de hecho, su existencia era imposible.» (Süskind 2007, cap. 8)

UN CUADRO DEL SIGLO XVIII PARA LAS FOSAS NASALES

En general, dirigimos una mirada aséptica a los siglos que nos preceden. Süskind se percata de este error. Nos sumerge literalmente en el París de entonces y nos hace respirar los hedores de la ciudad, la mugre de los habitantes sin higiene, los orinales vaciados en la calle, la abundante basura doméstica esparcida, la insalubridad de los patios traseros, el pescado putrefacto, la acritud de las curtidurías, etc. Algunos afirman que el escritor se inspiró en un estudio histórico sobre los olores redactado por Alain Corbin, *El perfume o el miasma* (1982).

Sin embargo, subrayemos que para hacernos sentir el

ambiente de la época, Süskind también representa la mentalidad de unos y otros, hasta en su forma de expresarse. Alude a:

- las dudas del padre Terrier frente a las contradicciones de las Escrituras, y su desprecio hacia la superstición popular;
- el pensamiento del siglo de las Luces, que desaprueba Baldini;
- el entusiasmo desenfrenado por las ciencias en todos sus géneros, encarnado por el marqués de la Taillade-Espinasse.

El autor también representa una sociedad violenta en la que cada uno se caracteriza por un comportamiento orgulloso, sobornable o belicoso.

Un saber hacer particular

Süskind se documentó de manera formidable sobre las técnicas de perfumería y de composición de los aromas. Cabe destacar la información de la fábrica Fragonard en Grasse. Los ejemplos son más que abundantes:

> «Y entonces subían de nuevo la pomada del sótano, la calentaban con el máximo cuidado en ollas cerradas, le añadían el mejor alcohol y la mezclaban a fondo por medio de un agitador incorporado, accionado por Grenouille. Una vez de vuelta en el sótano, la mezcla se enfriaba rápidamente y el alcohol se separaba de la grasa sólida de la pomada y podía verterse en una botella. [...] Después de un minucioso filtrado a través de gasas que impedían el paso a la más diminuta partícula de grasa,

Druot llenaba un pequeño alambique con el alcohol perfumado y lo destilaba a fuego muy lento.» (Süskind 2007, cap. 36)

PISTAS PARA LA REFLEXIÓN

ALGUNAS PREGUNTAS PARA PROFUNDIZAR EN SU REFLEXIÓN...

- Explique los contrastes que contiene el título.
- ¿Por qué las cuatro partes del relato tienen una longitud diferente?
- Identifique el tipo de narración que emplea el autor.
- ¿Con qué insecto se asemeja a Jean-Baptiste? Justifique esta analogía.
- ¿Con qué otros animales se le compara? Anote algunos fragmentos.
- En el capítulo 26, identifique los pasajes que parodian los textos bíblicos y los discursos reales.
- ¿Se puede comparar a Grenouille con Hefesto o Vulcano, el dios greco-romano? Para completar su respuesta, haga una búsqueda documental.
- ¿A qué mito antiguo transmitido por Platón nos puede recordar el episodio del plomo del Cantal?
- Destaque lo que opone a la ciudad y la naturaleza en esta novela.
- ¿Por qué el personaje de Grenouille puede interpretarse a la vez como un individuo maléfico y como un mártir cristiano? Apoye su respuesta con fragmentos.
- ¿En qué aspecto es significativo el lugar que Grenouille elige para morir?

¡Su opinión nos interesa!
¡Deje un comentario en la página web de su librería en línea,
y comparta sus favoritos en las redes sociales!

PARA IR MÁS ALLÁ

EDICIÓN DE REFERENCIA

- Süskind, Patrick. 2007. *El perfume: historia de un asesino.* Traducido por Pilar Giralt Gorina. Barcelona: Seix Barral.

ESTUDIO DE REFERENCIA

- Scholl, Joachim. 2006. *50 incontournables romans du XXe siècle.* París: La Martinière.

ADAPTACIÓN

- *El perfume: historia de un asesino.* Dirigida por Tom Tykwer, con Ben Wishaw, Dustin Hoffman y Alan Rickman. Alemania, España y Francia: VIP Medienfunds 4, Neff Productions y Castelao Productions, 2006.

ResumenExpress.com